GENT FORASTERA

DE UMBRAL EN UMBRAL/PREMIS/CATALÀ
Nº 2

JORDI JULIÀ (Sant Celoni,1972) és poeta, assagista i professor de Teoria de la Literatura i Literatura Comparada a la Universitat Autònoma de Barcelona. Especialitzat en l'estudi de la literatura contemporània, les seves obres de crítica i teoria han rebut distincions com el premi Josep Vallverdú (Lleida), el Josep Carner (IEC), el Dámaso Alonso (Santiago de Compostela), el Miguel de Unamuno (Bilbao), el St. Miquel d'Engolasters (Andorra) o el Siglo XXI (Mèxic). Algun dels títols que ha vist editats són *Al marge dels versos* (1998), *Un segle de lectura* (2001), *La perspectiva contemporánea* (2004), *La mirada de París* (2004), *Modernitat del món fungible* (2006), *L'art imaginatiu* (2007), *Dietari de lectures* (2009) o *Poètica de l'exili* (2011). Ha preparat una antologia de la producció de Charles Baudelaire, ha publicat tres volums centrats en l'obra de Gabriel Ferrater, i juntament amb Pere Ballart ha curat les traduccions i les cartes de Màrius Torres. D'altra banda, els seus llibres de poesia han merescut guardons en llengua catalana com els Jocs Florals de Barcelona, l'Octubre de València o el premi Mallorca. Entre els seus darrers títols cal comptar *Hiverns suaus* (2005), *Sota la llum de Mart* (2006), *Els déus de fang* (2007), *Principi de plaer* (2007), *Planisferi lunar* (2008), *Un lleu plugim* (2009), i *Poètica per a un ninot* i *Circumstàncies adverses* (ambdós apareguts el 2011).

GENT FORASTERA

JORDI JULIÀ

PREMI CIUTAT DE PALMA
JOAN ALCOVER 2011
JURAT:
TONI XUMET ROSSELLÓ,
MARIA MAGDALENA GELABERT MIRÓ,
CARLES DUARTE I MONTSERRAT

- EDICIONES IGITUR -

DE UMBRAL EN UMBRAL
Colección dirigida por Ricardo Cano Gaviria *y* Rosa Lentini
Diseño gráfico: Ediciones Igitur
Montaje: Ediciones Igitur
Portada: Ediciones Igitur

Primera edición en Ediciones Igitur: 2012

EDICIONES IGITUR
Raval de Santa Anna nº 19
Montblanc 43400 (Tarragona)
Teléfono y fax: (977) 86 14 75
Correo electrónico: igitur@edicionesigitur.com
Dirección electrónica: www.edicionesigitur.com

ISBN 978-84-95142-71-9 / Depósito legal SE-3060-2012

Impreso en España / Printed in Spain
UNIÓN EUROPEA
Impresión: Publidisa

GENT FORASTERA

HOMENATGES, APÒCRIFS, PALIMPSESTOS I TRADUCCIONS

Je ne veux pas être le poète de mon poète

ANTONIN ARTAUD

Nous voulons vivre dans l'idée des autres d'une vie imaginaire

ISIDORE DUCASSE

VOSALTRES

no está en el hombre sino que es el espíritu
del lugar y del momento

OCTAVIO PAZ

LÍMITS DEL PERTEGÀS
Contra William Wordsworth

Jo sóc el petit vailet
POPULAR

He tornat al meu bosc al cap dels anys.
No per obligació ni complaença,
ni per buidar l'avorriment d'estiu.
Hi he tornat per omplir aquest cap al tard,
en què els pardals ja són ratapinyades
i el drac del sol s'enfonsa a dins la cova,
per descobrir la meva geografia
a qui ve amb mi i enllaça la meva ombra.
Hem passat per carrers que ja em sabien
de quan no coneixia encara els noms
dels pintors i els poetes que els bategen,
de quan eren de fang, basses i glaç,
i pols de sang dins dels genolls pelats.
On ara hi ha les cases era un sot
que havia fet de rambla d'aquest puig,
i encara de petit s'omplia d'aigua
totes les primaveres, i els granots
raucaven el misteri del desig.
Llavors que la vorera era camí,
serpentejava fins la cantonada

un canyissar que ens proveïa d'armes:
llances, fletxes, i fulles que ens tallaven.
A cada vora esbarzers alts de móres,
i mates de fonoll, i una pinyoca
que havia rodolat, esbardellada
per les rodes del carro d'un veí.
Eren tendres i verds, amb gust de brot,
els pinyons que petàvem allà al mig.
Més enllà hi ha una alzina centenària
que ha fet torçar el carrer per conservar-la,
testimoni d'un món mediterrani
de roures, de garrigues i suredes.
A l'esquerra hi havia un pi molt alt
on, ja de llustre, abans de tornar a casa,
ens aturàvem a mirar un mussol,
que no ens feia cap por quan allargava,
llunyana, la seva u pels verals foscos.
Anem pujant amb més pena que abans,
com si fos una vida que pugés
a collibè damunt de mi mateix
fins arribar a les vores del meu poble,
on marges i canyissos fan de mur.
Hem seguit, des de dalt, tot el riu Sec
i hem vist de lluny les urbanitzacions
que han tacat de verola les pinedes.
Les cases no han canviat, i al nostre pas
he dit allò mateix que vaig sentir,
o vaig creure pensar, en parlar amb els pares.
He vist néixer carrers i créixer cases
on hi havia hagut basses i bardisses,
on s'enlairaven pins i la figuera
retorçava les branques com la serp,

i em dolc de no tenir aquelles imatges
estables al record, franques i pròximes,
com tampoc tinc la cara del meu avi—

que és només pell suada sense parla,
sense afaitar, i amb feridura als ulls.
Ell també va ser igual que aquest paisatge
els últims anys de quieta malaltia:
l'abocador de terres i de runes
que són pilons de dies i de mesos
d'un ermot que es va omplint sense sentit
i creix cap al no-res, i és niu d'herbotes.
Ara hem deixat enrere un terraplè
on el nen que vaig ser s'hi entretenia
arreplegant rajoles de colors
que eren rebuig de cuines i de banys:
com un buscador d'or desenterrava
tessel·les o les peces d'algun giny
que eren tresors, ben netes, per al joc.
Hem refet un camí que s'ha tancat
entre ginestes altes i argelagues,
i hem anat ascendint, a poc a poc,
fins que els pins han fet ombra al nostre cel
i feien les agulles de pinassa
una catifa relliscosa al pas,
d'un caminoi antic que era una feixa
amb més d'un cep retort, supervivent.
La mare em va explicar que de petita
son pare se l'enduia pels voltants
a esbrollar aquella vinya que hi menava,
i potser aquí mateix els dos van seure
a esmorzar un pa d'ahir que no ha oblidat.

Allà davant encara hi ha el meu bosc,
meu perquè el vaig triar i així li deia—
que un altre que no sé és el propietari.
Era el meu bosc una pineda estreta
i força dreta amb una torre al mig,
com l'esquelet d'acer d'algun gegant
que va morir aguantant cables elèctrics.
Entre els seus peus, sobre el pedrís de pòrtland,
jugava a rajoleta tota dreta
amb pedretes trobades pels voltants
—clares i fosques, planes, rutinàries—,
hi obria el berenar com un regal
i dins la molla tova, tendra i blanca
hi ofegava la boca i respirava,
i era llesca de pa, tomàquet i aire,
i xocolata negra amarga i dolça.
La mare em va ensenyar a amagar els bastons
a sota una bardissa que em guardava
el mateix gaiatet pel proper cop,
que em servís de puntal per fer camí,
o d'hàbil extensió dels dits que furga
per entre la pinassa per saber
si un tou de fulles és un fredolic
o uns bonys són un erol de pinetells.
Un cop, allà, hi vaig trobar tres bales,
no perfectes del tot, arrodonides
per algun pare antic perquè el seu fill
jugués amb unes pedres més suaus
(o, ben pensat, potser eren projectils
d'algun trabuc de rude guerra infame
que al cap dels segles fan, encara, el fet
i em fereixen endins, a la memòria).

I quan ho dic penso que no sé on són,
en un forat de casa, en una caixa,
perdudes com l'infant que les llançava,
fredes, però esperant un altre nen
que trobi un nou tresor en un racó.
Tot va quedant enrere i fa impressió:
que secs i sols que queden aquests pins,
domeny antic d'una mitologia
rústica i personal, d'infància humil,
que sembla ben ridícula als ulls grans
de qui coneix maldats, enganys i enveges.
Però els somnis són somnis que ens han fet
de la matèria humana que es perdrà.
Tornem de fosc, que se'ns fa tard, a casa
com de petit quan la tarda era curta
—la més llarga de l'any— per tants de jocs,
i refem sense pausa, a pas lleuger,
pinedes i barrancs, camins i rambla,
fins a ser a les voreres que em coneixen.
He tornat a la font que es va enterrar
sota les albes, al cap del carrer,
on vaig néixer i vaig viure, que no em té.
He tornat al meu bosc al cap dels anys
per saber que només es troba en mi.

LES METAMORFOSIS

Contra Ovidi

Sóc el retrat trencat d'una epopeia
que baixa per la sang fins a un instant,
la cúbica fractura de l'efígie—
ideal biològic de l'espècie.

He estat altres possibles i la tria,
l'encontre de pulsions dins de l'incert,
i finalment un codi en un xifrat.

D'adolescent ja havia percebut
la fusió de les marques dels meus pares
(desitjos, remolins, berrugues, pigues...),
semblants i desplaçades subtilment.

Decep, en el moment que qualla un jo,
notar que ets una herència barrejada,
l'original a sobre un palimpsest.

Però al mig del camí d'aquesta vida,
he vist l'evolució d'una família,
molts éssers diferents que es transformaven
sota la meva cara en el mirall.

Els meus gens han calcat les fesomies
d'avis, pare i cosins, i m'he estranyat
de trobar-me'ls davant amb els meus ulls.

Rebullen els meus músculs i l'ossada
sota el meu rostre, dins d'una olla antiga,
i he de ser avantpassats que no sé encara,
carota dels meus fills, al seu futur.

L'ALZINA GROSSA
Contra Jordi Pàmias

L'alzina grossa
de can Draper
no l'abraçaven
només dos homes.

Capçada oberta,
paraigua immens,
pluja de glans
i fulles seques.

El tronc, un braç
amb dits d'arrels
clavant la mà
mig a la terra.

Punt de trobada
de nens i joves,
festejador
de nits d'estiu.

La van tallar,
que on s'aixecava
era el traçat
d'una autopista.

Entre el record
i l'altre somni,
en la terra erma,
fuig del mil·lenni.

Jo no la vaig
aconseguir,
però els meus pares
me n'han parlat.

I els vells del poble,
quan hi ha accidents,
diuen que els cotxes
xoquen amb l'arbre.

No sé per què
però m'enfilo
branques amunt,
com ho van fer.

I sóc i sento
els que hi van ser,
mentre ressonen
riures feliços.

M'esperen tots
cara al Montnegre,
reposen sota
l'alzina grossa.

DUBTES ANTERIORS

Contra Màrius Torres

Ja se sap que els antics, enmig del seu camí,
ensopegaven monstres que els posaven enigmes
per deixar-los passar, per evitar morir.

L'esfinx, més cap aquí, no era cap bèstia mítica,
sinó la por i el dubte del viure buit i absurd,
un forat a l'estómac per on travessa un puny.

Jo sé d'un home gran, de pell de brut papir,
de temps veí de casa, que em coneix de petit
perquè en aquest veral ell hi venia el pa.

Sempre m'ha fet preguntes, sempre m'ha fet rumiar.
Sempre em surt en Gensana amb algun acudit
o alguna endevinalla que em costa d'esbrinar.

«Quants pics de 1.500 creus que hi ha en el Montseny?»
«T'has parat a pensar per què hi ha tants tocoms
amb l'article salat?» «Existeix trascantó?»

«Tu saps què és una boixa i què hi fa en una font?»
«Saps que hi ha un poble iber anant cap a Olzinelles?»
«Quants pous de glaç hi ha encara a la muntanya gran?»

I cada cop que em troba em distreu de seguir
passant sense aturar-me a pensar on sóc, d'on vinc,
si els girs verbals que dic són meus, i seus, i nostres.

Em trobo a les respostes que no he sabut donar,
a l'oblit, al record, i a la humil transferència
d'una simple memòria de dits, costums i llocs.

LA VIE EN ROSE
Contra Xavier Macià

Quan m'abraça als seus braços
i em parla amb tons ben baixos
jo veig la vida en rosa.

Somriu plàcidament i em diu adéu
(de dins del cotxe estant que està parat
tancant la música) tot just quan passo.

Ha entrat a dins el meu cor
un xic de felicitat
i no conec què la causa.

Ara el seu home li deu preguntar,
sorprès, si sap qui sóc o com em dic,
si em recorda jugant amb els seus fills.

Em diu paraules d'amor,
paraules de cada dia,
i em fa sentir alguna cosa.

Potser uns instants abans li demanava
on guardava un estiu, una revetlla,
o aquell ball abraçats sota una orquestra.

I des que ho vaig notar
que vaig sentint a dins
el meu cor que batega.

Mentre m'allunyo es perd una cançó
tancada dins d'un vidre, esmorteïda—
rosa perdut dins la matèria grisa.

L'ACORDIÓ

Contra Ponç Pons

L'oncle Pere era el gran dels germans de la mare.
El tiet Pere va escriure els primers dels poemes
que jo vaig recitar i vaig aprendre d'oïda,
quan el món era encara una eixida de jocs,
i el saber, les cançons que em cantaven els pares,
o els relats d'animals i de nens que em llegien.
Mossèn Cinto inspirava els seus versos nocturns
adreçats a la mare, al Montseny, a la música,
al sentir català, a la verge de tots,
a la filla perduda, i a la mort que reviu.
Aquells tons exaltats en paraules rimades
fan ressò ben endins pels meus fondos marins.
A les postres dels dies de festa, a la casa
que va ser dels meus avis —que no he conegut—
i després de l'hereu, ell ens deia uns poemes
que endolcien el gust i sanaven el cor
amb la màgia d'un do heretat d'una estirp
tan antiga i lligada a les vinyes i els boscos,
i que perd les petjades pels volts d'Aiguafreda.
L'avi Pep va llegar-li un saber misteriós:
a predir en l'ull esquerre un desordre dels ossos,
que cos i ànima estan justament conjuntats,
que al precís equilibri de carn i estructura
hi respon una pau interior d'esperit.

Va curar d'espatllat fins passats els vuitanta,
alineant el dit gros de la mà amb els genolls,
carregant-se a l'esquena els mals d'altres, com sacs,
i refent-los de nou fent petar l'espinada.
El tiet Pere va anar, durant anys, a caçar,
i coneix els topants i les fonts, tots els caus
i les femtes, i els rastres, i on van a abeurar.
Els conills, els tudons, les perdius o els senglars
han farcit les històries que tants moments sol
—passejant en silenci amb en Pere—, marxant,
escoltant, apuntant, disparant i matant,
ha viscut o ha pensat: ¿fantasia o vivència?
Per això sempre em deia —animat, comprensiu—
«no et refiïs de cap pescador o caçador
perquè et fa empassar cert el seu món de mentides...,
que, de nit, la sorreta que els passos aixequen
et fa creure en fantasmes, quan ens cal témer els vius...,
i que l'aigua més dolça és a un gorg de Fuirosos
quan sorprèn l'escopeta unes noies banyant-s'hi».
En Peret —com li deien— va fer xocolata:
ell sabia la fórmula estranya i secreta
que endolcia les festes dels xics de postguerra.
(Xocolates Montseny és el gust que desperta
l'alegria i l'enyor de la pèrdua dels pares
quan ma mare recorda que en va ser de feliç.)
Anys després, les trafiques van ser de productes
d'una fàbrica química que és un solar
—a hores d'ara— on s'hauran d'aixecar blocs de pisos,
nous carrers, nous comerços, nous hàbits, nous homes.
Ja de gran els seus fills van comprar-li un regal
que de sempre va dir que li feia il·lusió:
l'acordió diatònic de polques, masurques,
pericons, i valsets de quan era petit

i sentia sa mare parlar-ne a can Suc.
No el va aprendre a tocar, i no sé si per mandra,
perquè els somnis hi són per tenir-los llunyans,
o perquè l'instrument era un símbol matern—
no la música en si, ni el saber de tocar-lo.
Potser allà d'on venim, i on anem tots a raure,
tindrà un altre acordió per ballar un vals albat
amb la meva cosina —que no vaig conèixer—,
com aquell últim ball de tots dos
als deu anys.

Se sent fondo aquest so
que esbufega
la manxa,
que m'arriba
i em lliga
amb cadenes
d'un àcid
molt primari
i antic
que em fa únic
i em trena
amb aquells
d'on provinc,
des d'on caic
a un futur
sense rastres
d'ahir,
i amb les traces
per dins.

NOVEL·LES DE L'OEST
Contra Joan Margarit

In memoriam Joan Julià Riera

L'èpica del relat surt del record,
i també de l'horror i la catàstrofe:
imagino aquell Ebre enmig de foc
i un soldat malferit per la metralla.

La gangrena a la cuixa perforada,
la pudor insuportable i el temor
de tornar cap a casa sense cama,
o ser un tros més de carn podrida al front.

Hi ha enemics capturats vora el seu llit,
i entre ells aquell ferit que s'ofegava,
i que no va dubtar en salvar del riu:

el fill d'un capità. Una sort plàcida
que li val ser operat, tornar amb permís,
i ser sempre un vençut amb dues cames.

* * *

L'avi que vaig conèixer amb geni asprós,
callat al cap de taula, va ser un altre:

dolgut perquè els seus fills feien el sord
si explicava romanços, passant tardes

clavat a una butaca «tirant trets»
—que era com àvia i oncles se'n burlaven—
quan llegia novel·les de l'oest,
callat, abstret, una darrera l'altra.

Al final va ferir-se de mig cos,
i allà on deu ser es deu batre amb la injustícia,
citant la Mort, en una hora i un lloc.

La guerra era aquell duel, cruent, al sol
—que llegia en silenci, amb valentia—
on guanyaven els seus: el bàndol bo.

LAPÒNIA
Contra Robert Frost

Mirada a l'inrevés
   l'esfera horària
ens canvia el sentit
   de l'existència.

Ara són tres quarts d'una
   i a la finestra
hi ha un cel gairebé fosc,
   i un llum que em vetlla.

Fa fred, no hi ha persiana,
   i el vent fa moure
l'ombra absent de les fulles
   d'aquests bedolls.

Ara dec ser a Lapònia
   i em trobo estrany:
algú a qui no li sobta
   la neu ni l'hora.

Imagino qui sóc,
   d'on vinc, què faig,
obscur —al mig del dia—
   ja hauré dinat.

L'aurora boreal
d'aquesta nit
resignava algun canvi,
un deure, un càstig...

Al cel gasos encesos
de vius colors
i formes espectrals
dicten sentència.

La llum àrtica és blava,
i encara em queden
promeses per complir,
records per fondre.

Ara em cordo el rellotge
—un quart de vuit—,
i baixo la persiana
d'aquest poema.

Queda un vespre de fosca,
la son, i el sol
d'un nou dia per córrer
i fer la pau.

PENSAMENTS ANTICS DE LA MARE
Contra Cesare Pavese

En una estació sota els arbres s'encenen els llums.
L'Imma sap que a aquesta hora sa mare retorna dels prats
amb el seu davantal ben curull. Mentre espera el seu tren
l'Imma mira entre el verd i somriu en pensar
a quedar-se també, entremig dels fanals, a aplegar manats
d'herba.

L'Imma sap que sa mare de jove va ser a la ciutat
un sol cop: quan fosqueja ella totes les tardes se'n va,
dalt del tren li ve al cap el reflex d'aparadors
i de gent que va i ve i no miren la cara.
La ciutat de la mare és un pati tancat
entremig de muralles, i la gent abocada als balcons.

Cada nit l'Imma torna amb els ulls ben distrets
pels colors i els volers i, en posar espai el tren,
pensa, al ritme monòton, perfils nets de les vies
entre els llums, i turons travessats per carrers i per vida
i per joia de joves, ben purs en el pas i en el riure d'hereus.

L'Imma està ben cansada d'anar amunt i avall, i tornar
cada nit
i no viure entremig de les cases ni al mig de les vinyes.
La ciutat la voldria al damunt dels turons,

lluminosa, secreta, i no moure's mai més.
Així, és molt diferent. A la nit es retroba
els germans, que retornen descalços de fer alguna feina,
i sa mare colrada, i s'enraona de terres
i ella seu en silenci. Però encara recorda
que, de nena, tornava també amb un feix curull d'herba:
solament que llavors eren jocs. I sa mare que sua
mentre va aplegant l'herba, perquè al llarg de trenta anys
l'ha aplegat cada tarda, bé podria quedar-se
algun cop a la casa. I ningú no la busca.

També l'Imma voldria quedar-se, ben sola, en els prats,
i arribar fins als més solitaris, i potser fins als boscos.
I esperar cada vespre i embrutir-se entre l'herba
i potser enmig del fang, i mai més no tornar a la ciutat.
No fer res, perquè mai no hi ha res que serveixi a ningú.
Com les cabres, tibar de les fulles només les més verdes
i impregnar-se els cabells, recremats i suats,
de rosada nocturna. Endurir-se les carns i ennegrir-les
i estripar-se el vestit, per tal que a la ciutat ja no la vulguin més.
L'Imma està ben cansada d'anar amunt i avall
i somriu de pensar que se'n va a la ciutat
desfigurada i malgirbada.
Fins que els turons i les vinyes
no van ser tot un erm (i va viure
als carrers, on abans hi havia prats), somrient, cada vespre,
l'Immaculada ofegava un desig com aquell en mirar des del tren.

EL REFILET
Contra Guerau de Liost

Un refilet
em desvetllava,
un refilet
que em recordava.

Varia el toc
i em sona encara,
surt d'un enlloc,
torna i es para.

Insistentment
l'ocell s'agrada,
fent i desfent
una tonada.

Quan de petit
vaig saber què era
no hauria dit
que fos d'una era.

El seu so es fon
per altres vies,
pel més pregon
d'uns tendres dies.

Me'n vaig amb ell,
giro la mola,
llimo la pell
d'una cassola.

Busco més gent
i em torno aire
d'un instrument
que em llença enlaire.

M'envolo amunt
faig giragonses,
i arriba un punt
que em dic «T'enfonses!»

Sobresaltat,
fent mala ganya,
semblo encantat
pel buf de canya.

Entre dos sons,
a quin indret
se'n van els tons
de l'esmolet?

LÒGICA TEMPORAL
Contra Joan Brossa

Talla el pastís en quatre parts. Després,
les tornes a partir per la meitat:
l'esfera que es segmenta en vuit porcions.
Vés comptant mitjos quarts i quarts, no et perdis,
i sempre digues el que tens guanyat.
L'hora viscuda ja la tens perduda
(oblida, doncs, el que no tornarà,
no t'entretinguis amb laments ni enyors),
i cal, de mica en mica, ser conscient
de tots aquells instants que són passats
d'un present que notem que s'allargassa
com un panet calent entre les mans,
o qui amb la seva olor sentim que ens creua,
i se'ns en va. De cop, mig quart d'esfera.
Precís, vague i concret el buit que avança
mentre vas posseint amb un cop d'ull
com s'esllangueix amb petits salts el dia.
Hi ha quarts prenyats, quarts de pagès, més amplis
de gent predisposada o idealista,
com hi ha lapses d'espai que són cinc quarts,
tots iguals, ben sencers, sense afegits.
Tres quarts i mig..., i una hora més que tens,

però que mor en tu en arribar al punt.
Aquell sentir particular i après,
el temps, una manera de ser al món.

CANÇÓ DE REVOLTA
Contra Narcís Comadira

Desperta't, dormilega,
cal llevar-nos aviat,
que hem d'acabar la feina
que no hem pogut fer abans.

Deixonda't, ja, gandula,
que el sol brilla ben alt,
ni abatiment ni excuses,
cal fer un pas endavant.

No pesis figues, fava,
que et fan endormiscar
amb codis i tonades
que no són del teu mas.

No t'ensopeixis, vetlla,
que el sopar està parat,
si bades o el menysprees
altres se'l cruspiran.

No t'ajeguis, mandrosa,
que la nit ja ha arribat,
som amb tu entre la fosca,
junts farem el foc gran.

GRANES I PLANTES

Contra Óscar Latorre

Un home mai no escull el lloc on neix,
potser tria allà on viu, el seu estatge,
el que és, i, fins i tot, com existeix,
però és sol, terra i aigua: el seu llenguatge.

NOSALTRES

l'amour comblé, c'est-à-dire partagé, est
une reconstruction de l'identité perdue

CLÉMENT ROSSET

AQUÍ
Contra Vicent Andrés Estellés

Jo vaig néixer al carrer de Bernat Martorell,
i un cop dit me n'adono que no és del tot exacte:
llavors la llevadora ja no venia a casa
i s'anava a parir a un hospital de fora.
No vaig néixer a la casa on vaig créixer amb els pares,
i el primer glop de llum no és d'allà on he viscut,
a la terra d'on sóc, i on sento que pertanyo,
com tants dels vilatans que ara són veïns meus.
En Bernat Martorell sí que va néixer aquí,
perquè al segle XIV no hi havia hospitals:
ell va ser el segon fill d'un carnisser del poble,
i aquest fet potser explica que no seguís l'ofici
que devia quedar-se, amb tot el dret, l'hereu.
Ben aviat apareix pintant a Barcelona,
practicant noves tècniques d'en Borrassà i l'Huguet,
que algun do pel dibuix devia ser-li innat.
No em diguis «tu també», jo amb el pinzell imito,
no creo ni componc —no com en Marià Vigas,
que em va guardar a l'estudi el que em va ensenyar a fer.
Jo no seré Ausiàs March, ni Bernat Martorell,
però he anat a trobar el primer per València,
i ara anem de la mà pel barri de la Força,
creuant portals eteris que un dia van tancar
uns traçats que quedaven darrere de les torres,

com la que han descobert al carrer de les Valls—
just on baixaven camps i prats al Pertegàs.
Tot és aquí confós amb nova arquitectura,
que inunda l'urbanisme d'una falsa ciutat,
on intuïm, només, el lloc de la naixença
(extraviat en l'oblit o en un diplomatari),
mentre a uns altres verals d'aquest fora muralla,
aquest il·lustre fill porta el nom d'una rambla,
com tants d'altres artistes als carrers dels voltants.
El poblet medieval s'ha perdut com el rastre
d'aquest gran pintor gòtic que té l'art per mig món,
i vull creure que ensenya a les peces sagrades
el detall realista i un profund humanisme
d'un indret i una gent que de temps són aquí.
Com que els llocs encomanen i conserven el geni,
vam anar lluny del centre, vam passar sobre el Túria
i vam homenatjar com devia estimar
i patir en aquell pis (Misser Mascó, 17),
una casa amb tres plantes, sense marques, tancada;
però no vam tenir tanta sort amb l'Ovidi
perquè a Alcoi no semblava que ningú el conegués.
I tants portals i plaques que haurem fotografiat:
a l'Alguer vam parar a la Misericòrdia,
vam veure sant Francesc a sa Figuera Verda,
i hem estat dins dels nius on un ocell cerdà
va cantar a Perpinyà i, a dalt, a Sallagosa.
Hem viatjat en el temps, junts hem buscat els rastres
d'aquella estirp comtal que va regir els destins
d'unes terres banyades per la Mediterrània,
tot esperant comprendre qui som i què ens uneix,
per què l'honor antic és ara menyspreat.
Qui pogués, per a tu, ser el sant Jordi brillant

que mata el drac, heroic, seriós i concentrat,
amb una noble llança immortal, sobre taula.
No sóc cap cavaller, sinó un modest julià,
mercader a la menuda de paraules d'uns altres
de qui mira d'aprendre, com el jove Bernat.
No crec gens en princeses, i sí en samaritanes
que amb un gest natural s'aturen a ajudar
el foraster que troba, i s'hi adreça amb franquesa.
I sé que aquestes mans que em saben prémer fort
són tan meravelloses com les que suposem
al rostre de Maria, al revers d'un retaule.
Les parets o bé el clos on va veure la llum
aquest nostre pintor potser ja no existeixen
o són aquí a davant (i no sabem trobar-les),
o són pols enterrada i perduda, per segles.
Oblidats o ignorats, on resten els teus ossos?
Només queda de tu el color del teu traç?
I a nosaltres, que anem prement les nostres carns
per illes i secans, rius i ciutats d'ahir,
que sabem d'on venim, i no on acabarem
(i ningú no vindrà a buscar els nostres noms,
ni en làpides, ni plaques, ni on ens van enterrar),
que ens traspassi la força del cos, de l'un a l'altre,
i siguem un grapat de terra barrejada
amb un record orgànic del nus dels nostres dits,
i l'amor a un passat que també hem viscut junts.

DIES I NITS D'ESTIU

Contra Ángel González

Com la lluna i el sol
o dos amants que habiten
en un altre hemisferi,
també vivim tu i jo
d'esquena l'un de l'altre,
escurant de l'esfera
un terç dels seus cargols.

Algun esglai et sobta
i et desvetlles suada,
altres cops te m'adreces
amb frases incoherents:
sembla que la teva altra
em busca entre les ombres
per camins inconscients.

Jo als matins també et cerco
entre trames fantàstiques
mentre algú renta els plats.
A les nits, quan et vetllo,
desxifro amb foscos signes
la respiració plàcida
sobre un paper guixat.

Quan encara és tot clar
i l'horitzó a la posta
ens sembla un impossible,
i fem plans per demà,
no ens dol el tros de vida
que ens pren natura, i hàbit,
i hem de trobar a faltar.

UN DIA, ALLÒ QUE ET CAL

Contra Marta Pessarrodona

Un dia necessites
que jo faci el que vols,
que em guardi a la butxaca
la raó i el sentit,
que plegui del revés
els mitjons i les calces,
i que corri a buscar-te,
i s'aturin les hores.

Un dia necessites
no haver de dir perquè,
ni si us plau ni perdó,
i vols dir, només dir,
i quedar-te en silenci,
i llepar-te els records—
com la Mont es neteja,
després d'haver menjat.

Un dia necessites
que no et calgui ni em vulguis,
tornar a ser com abans
(fet de buidor i desig),
quedar amb gent que estimaves,

no pensar en l'endemà,
sopar, beure i sortir,
i enyorar-me, de cop.

Un dia necessites
sentir que no et *calc* més,
per llavors començar-*me*
a voler bojament.

CALIDESA DE LES NITS

Contra Óscar Latorre

Quan va sorgir l'amor no era juliol:
va ser algun d'aquells mesos que ens maregen
pel carrer amunt i avall, sense cap data
vermella entre setmana —com una illa—,
i als quals la vida arriba fatigada,
sense calma, al capvespre d'un dilluns.

Quan va sorgir l'amor no era juliol:
no va haver-hi prou temps, només de cossos.
El tràfec del matí feria el vespre
mentre el desig matava un sentiment,
que es va fer seu un gat, entre deixalles,
i se'l va endur a la boca, presa morta.

No va ser cap juliol, però sí càlid.

CANÇÓ A LA MANERA ANTIGA

Contra A. B. de Senecé

Per una jove cambrera
cal que el meu cos sigui pres?
Cruel amor, considera
que tinc grisos els cabells.

La raó em deia: «Protesta!,
ja no és l'hora de l'amor».
Però si el desig s'entesta,
cal fer cas de la raó?

És que el meu cor ara espera
quedar enredat d'estimar?
«Si mai no et van al darrera,
per què quedar-hi enfavat?»

Mentre el cor i el cap fan fressa,
vaig atipant-me de carn;
que el tip em duri i, amb pena,
tingui temps per recordar.

ELOGI DE LA FERTILITAT

Contra Eugenio Montale

L'anguila, la sirena
dels mars gelats que deixa el Bàltic
per arribar a les nostres aigües,
als nostres estuaris, fins als rius
que remunta en el fons,
amb la riuada adversa,
de ramal en ramal i després
de cabell en cabell, tan subtils,
sempre més cap endins,
sempre més dins del cor de la roca,
filtrant-se pels rierols de llim,
fins que hi ha un dia
que una claror que els castanyers disparen
n'encén la batzegada en basses d'aigua morta,
en els recs que davallen
dels espadats dels Apenins a la Romanya;
l'anguila, flagell, torxa,
fletxa d'Amor per terra
que sols les nostres lleres o els rierols
pirinencs assecats reconduiexen
a paradisos de fecundació;
l'ànima verda
que busca vida allà on només

mossega la sequera i la desolació,
la centella que diu
tot comença quan sembla carbonitzar-se tot,
branca seca enterrada;
pupil·la breu, bessona
d'aquella que t'envolten les pestanyes
i fas que brilli intacta enmig dels fills de l'home,
immers en el teu fang,
pots tu no creure-la germana?

CARGOL I FEMELLA
Contra Elizabeth Bishop

Amb l'ús, el cargol
va perdent la força,
la mà d'aire i sol,
múrria, el desenrosca.

Hi ha una cosa a dins
que empeny cap a fora:
un follet descolla
sense tornavís.

Viva, la matèria
es dol dels trontolls,
sotracs, vibracions,
sense obrir una esquerda.

Amb uns moviments
quasi imperceptibles,
la femella, un dia,
lenta, va perdent.

Per molt que s'estrenyin
amb eines i afanys,

no encaixen igual
per art d'encanteri.

Menys poques vegades,
ja se sap del cert
que tot es desgasta,
canvia o es perd.

AL GORG
Contra Alexandra March

Com la nena que enterra
la pedra que ha aplegat,
perquè els pares li manen
«llença això que has trobat»,

vas deixar una infantesa
en un grog de Riudaura,
i t'han passat trenta anys
fins que no hi has tornat.

Tenies oblidats
aquell camí i l'entrada,
fins que et va semblar un somni
de nits de dents de gat.

Ni tan sols recordaves
aquesta aigua encalmada,
aquest llac natural,
i aquest fang que s'hi fa.

Quan ja ets mare t'hi porta
aquell que amb tu camina,
perquè vegi la filla
d'on et ve l'ideal.

I allà la nena plora
perquè troba una pedra
que recull i s'assembla
a la que va enterrar.

CADUQUES

Contra Maria Antònia Salvà

T'amoïnen tant els sécs sobre la pell
que et busques al mirall cada matí,
als sacsons escanyats pels pantalons,
o a les bruses on tot és rebotit.

No t'adones que el jo també es fa vell,
i et rovella l'oxigen que respires,
ja no sents les mateixes sensacions,
i és ben bé un altre aquell que, en mi, tu estimes.

Et surten cabells blancs dins el cervell,
i jo ja tinc el cor tot ple d'arrugues;
no veiem com canviem, però en el fons
som l'excedent de màscares caduques.

PASSIÓ, PER UN DE TANTS

Contra Blai Bonet

Ànima turmentada,
per què vols les espines
que t'endanyen la carn
i la fan supurar?

No et deixa dormir el cap,
que es rosega amb maldat,
i fa que et crucifiquin
retrets i ja està fets.

La memòria del cor
ja no vol oblidar,
i insisteix a tornar-te
qui no vols reconèixer.

Passió de tu mateix,
eccehomo de l'instant,
fins que es torni el dolor
dolç oblit, fes-te mal.

QUAN SIGUIS TRISTA

Contra W. B. Yeats

Quan siguis trista i grassa i ja no et mirin
els obrers en passar, i els pits et pengin,
i quan molt vella els néts no et reconeguin
el vesc dolç del teu cos, la pell de lliri

(que va atrapar tants homes, i una dona),
si els ensenyes les fotos, vora el foc,
no els parlis mai de mi, deixa'm a fora
del teu passat: furtiu d'un vedat clos.

No t'enyoris als llibres que vas viure
ni, pel que hauria estat, sentis cap pena:
ja no viuríem junts, no em parlaries,
ni hauries llegit mai aquest poema.

EL SON DE LA SAL

Contra Bartomeu Rosselló-Pòrcel

Dorm el son de la sal
que, dissolta, agombolen
les onades del mar.

De sal encrostonada
en salines pel sol,
que n'ha evaporat l'aigua.

Sigues pedra, també,
mineral que es deposa
i acotxa els aliments.

Que el vell gust de l'origen
i el sonall salpasser
bressolin son de vida.

AMOR CONSTANT

Contra Sylvia Plath

Des d'aquell dia
aquest rellotge es para.
Últimament
s'anava endarrerint,
restant-nos uns minuts
com un dormir
que ens fa oblidar un moment,
i que l'acaba.

Llavors, com quan notem
que s'ha fet tard,
sense avisar,
ens va sorprendre l'hora,
i vas quedar-te ullprès
mirant la porta
sense allargar-me el braç
ni moure el cap.

De res no van servir
precs ni paraules,
i el confort dels amics
no va ser abric
a un fred humit

que se'm clavava endins.
Cruel, distant,
vas ofegar-me amb llàgrimes.

Tossut, vas acceptar
no seguir junts.
Alt, rígid, decidit,
a mi insensible,
t'he hagut de deixar enrere
com l'alzina
que s'alçava en passar,
però es perd lluny.

T'he preguntat cent cops
per què no em parles,
per què, si em vas matar,
moro a bocins.
Si eres eterna set
per al meu vi,
sóc un pou de verí
que no s'acaba.

En tu no hi ha
recança ni retorn,
i quan noto, invisible,
que m'abraces,
ets desig incomplet,
carn sense massa,
que m'estreny dins del buit
d'un aire sord.

En l'ullada de sol
que entra a la cuina

cada matí,
dement, sento que véns
amb el migdia,
amb vent que es panseix lent,
fet cel desfet
que despentina bruixes.

Tants cops m'has dit
que em vas trobar a faltar
esperant els setze anys
que ens separaven...,
jo canviaria els meus
per ser al teu tacte.
No em val per res el temps
que tinc davant.

Va menjant-se'm l'estómac
fins l'esquena,
sóc un espectre
atònit al mirall
des d'on mires als ulls
el meu pecat:
no veure'm, ser del tot
ànima plena.

Et vaig prometre, falsa,
ser feliç
pensant un impossible
irrealitzable,
i em trobo a l'altra riba
abandonada
davant del mur
on porta tot camí.

No tinc lira,
i els arbres no es commouen,
la barca i el barquer
són en dic sec,
no hi ha ni prec, ni déus,
ni mite cert,
només matèria inerta,
dubte i fora.

Què val l'amor
que mou els alts estels?
I aquests ulls tan humans,
de què em serveixen?
Veig tot el que m'envolta
en gris i en negre,
i el dia encén
una nit que es reprèn.

Qui sap si ens trobarem,
en cel o en casa,
si ens reconeixerem
com esperits.
No pot ser que el que som
acabi aquí,
gotes d'un mar
que s'evapora en l'aire...

Amor constant,
molt més enllà de tu,
de qui més t'ha volgut
i ara t'odia,

des que em vas prendre
a mi amb la teva vida
i em vas deixar
perquè et tanqués els ulls.

ELLS

Nadie comprenderá que estos epigramas están escritos contra mí mismo

ANTONIO MACHADO

PASSADÍS D'ESTACIÓ

Contra Ezra Pound

  Un mar de gent.
Les ones d'aquests caps
  que mai no tornen
murmuren que sóc molts:
  únic, perdut, negat.

I WAS BORN IN PUERTO RICO

Contra Derek Walkott

Tinc un doble a Puerto Rico,
no sé com hi haurà arribat,
si és un error de Natura
o fill d'uns parents llunyans.

No em consta que fos bessó,
ni abans hi havia clonats.
No sé d'avis mariners
ni d'*indianos* emigrants.

Es diu Julio —ves per on—,
però no sap català.
Es veu que viu de fer classes
en una universitat.

M'ho va dir una amiga seva
que a un congrés em va aturar
astorada: no sabia
si era broma o l'art d'un mag.

Faria dolenteries,
però és prou trist ser copiat,

talment un producte en sèrie
amb un altre original.

D'altres també s'encarreguen
de calcar qui sóc, què faig;
el que costa és assemblar-se
a un mateix, ser honest i honrat.

He nascut a Puerto Rico
i mai no l'he visitat:
paradoxes de la vida
o error, designis d'arcà.

CERTITUDS
Contra Màrius Sampere

Em dic Màrius, i he vist Déu
pel riu Besòs baixar a mar
sota dos cels, l'altre Déu
ven destins a un preu molt car.
Em dic Màrius, i he vist Déu.

Només dic el que no sé,
només canto el que no sento,
he fet ballar l'adroguer,
somriure a la foto..., ho sento!
Només dic el que no sé.

Després em revelaré,
fer poesia és això:
parlar com un mentider
del cert que intueix el jo.
Després em revelaré.

Ja no vull dir-me mai més.
Dir-se i fer-se dir fatiga:
si em llegeixo a l'inrevés
surt un altre que m'intriga.
Ja no vull dir-me mai més.

Si penso podria ser
no existir. Pensar! Fer via...,
tot és tràfec cridaner
que vibra, tremola i fia.
Si penso podria ser...

Em trobo sota la pell,
m'engavanya la careta,
si em destapes el cervell
hi ha una lògica foteta.
Em trobo sota la pell.

Sóc un home dret i fet,
i quan dormo em contradic
(m'odio i m'engego un tret),
despert envejo ser ric...
Sóc un home dret i fet.

Deixo anar més d'un renec:
Déu!, Dimoni!, Demiürg!
I apareix un ésser cec
al mirall amb el meu urc.
Deixo anar més d'un renec!

El límit és un clixé,
l'horitzó, un altre horitzó,
un koan, dubte sincer
que invita a girar el mitjó,
el límit és un clixé...

Ben lluny del camí vorer
l'esperit se m'ha perdut,

si el veus fes-li bon paper
que és tu, sense el meu engrut,
ben lluny del camí vorer.

Quan marxi no tornaré,
som de mena enyoradissa,
vaig néixer sota un llorer
envoltat d'una bardissa.
Quan marxi no tornaré.

Ara i sempre, sense amén,
us llego absurd, riure i mots
per a aquest viure incoherent,
que ens hem de trobar entre els llots,
ara i sempre, sense amén.

MARINA (CABO DE GATA)

Contra Carlos Pérez Siquier

Punxat per atzavares i fulles de palmeres,
el sol es pon i nia amb herba seca al jaç.
I reneix un nou dia amb una calor àrida
quan la llum reverbera en l'escuma del mar.

La mirada reposa sobre un paisatge dòcil,
com un rèptil immòbil que s'escalfa la sang,
i és roques, pols i sorra, que el vent transforma en dunes
d'un desert ran de platja, quan no hi ha estiuejants.

Cases de costa blanca corcades de salnitre,
que van ser d'homes secs i dones escarràs,
s'engrunen i s'aclofen. Només parets heroiques
resisteixen l'embat del ponent i el llevant.

Però les restes mortes sedueixen la vista:
un bastiment que falta en la porta d'entrar
a una llar marinera, d'esplendor trista i sòbria,
deixa veure les runes, i al fons el cel fet sal.

Una mà ha resseguit l'obertura amb la forma
d'una Venus antiga sense braços ni cap,
i l'art de l'ull, amb cor, torna a donar-li vida:
passa un vaixell de somni per l'horitzó tot blau.

BARCELONA 1956

Contra Gabriel Ferrater

Un bar dens d'atmosfera, resultat
de l'abundància de prostitució
de tots dos sexes, ben a prop del Born:
l'únic obert una nit de dimarts.
Més tard, sonàmbuls, hem recorregut
carrerons del mercat i els seus voltants,
sortejant els camions que vomitaven
les caixes de taronges, i somiant
més que veient uns rostres —envoltats
per uns passamuntanyes, i manyoples
grofolludes de llana o bé de cuir—,
que esclataven, de sobte, i es desfeien
com uns focs d'artifici en la foscor.
Nevava amb força intensitat per ser
ran de mar, i el color de la nit era
com d'esperma amb l'anyil de la bugada.
Hem anat a escalfar-nos cap a uns focs
de palla i de caixons estavellats
que feien tant de fum que la columna
s'estellava en dos trossos, i semblava
que s'estripava tot el món nocturn
com aquell paper blau amb què folràvem
els llibres de l'escola. Però ja,

quan exultava el cor i es disposava
a llançar-se pel mig d'aquell esquinç,
de cop, el fum i el món reconstruïen
la uniforme i espessa flonjor seva,
i tot tornava a ser com era abans.
A quarts de vuit ens ha calgut admetre
que la llesca de vida era esgotada.
He esperat el tramvia en el passeig
que aïlla el parc del mercat; mentre la neu,
edificis hirsuts de lletjor enèrgica,
i camions, componien una imatge,
per precisa, increïble, d'un vell Boston—
1910, tal com me l'imagino.
No obstant això, no és més que un *purple patch*,
un interregne de la matinada
que no es pot encabir dins de cap dia.

SUSAN I ELS VELLS POETES

Contra Francisco Díaz de Castro

Després van decidir que no ho explicarien,
que el seu secret tan sols seria públic
en la distant i autèntica mentida d'un poema.

Dins del replec més íntim d'una ciutat moderna
han quedat per parlar: l'escuma rossa
de la cervesa renta un carreró ennegrit.

S'expliquen els projectes, critiquen els nous llibres,
antologuen instants en què van riure,
discrepen dels miops que escriuen les ressenyes...

De cop, darrere els vidres d'una cara franquícia,
una muda remor crida «silenci!»
a aquell cul-de-sac buit, i els fa parar atenció.

La cortina entreoberta els permet espiar
el cos nu d'una noia rossa i tendra
que es vesteix i es despulla al ritme de la moda.

Somriuen, mentre callen, per aquest do imprevist:
la Bellesa que estimen s'ha fet dona
i els regala aquest quadre dins d'un museu urbà.

Oculten el plaer de la pornografia,
i pot ser que recordin que van ser
l'amant que dóna peces a la incauta estrangera.

Ara ja són, només, memòria de cultura:
la cara de Velázquez a la tela,
els vells que pinta Rembrandt, Peeping Tom, Kvinorgården,
Gombrowicz quan escriu, ulls i desig.

EL DOL DEL POETA

Contra Jacint Verdaguer

Petit i escanyolit,
tenia els ulls mig clucs,
i per llista calia
posar-me al seu costat
a les fotografies,
al mig de tot del grup
de l'escola de nens,
municipal i pública,
que portava amb rigor
el senyor Salvador.
Feia tronc amb un nen
amb qui seia al pupitre,
en Josep, que ben bé era
l'orgull dels professors
per la cal·ligrafia
(ampla, espaiosa i clara),
i perquè dibuixava,
sense haver-ne après pas,
tartanes, carros, trens,
i fins enterraments.

Un dia de vacances
que anàvem a jugar

al pati del col·legi,
i hi portàvem joguines
(perquè als vuit anys el temps
no és esquerp ni ens maltracta),
aquell nen va sorprendre'ns
mostrant cinc exemplars
d'El Català, un diari
que havia escrit tot ell
sobre un paper de barba,
amb un editorial
(copiant lletra d'impremta),
una rondalla i versos
que eren de mossèn Cinto,
i que tots ens sabíem.
Igual com em donava
preses de xocolata
que, hàbilment, rampinyava
d'aquell taulell farcit
de dolços i llamins,
sortint de casa seva
(i sabia prou bé
que els pares ho sabien),
també em va regalar
un d'aquells primers números.

Tot remenant papers,
avui he retrobat,
aquell pobre diari
on un altre Josep
hi va fer un cul-de-llàntia
i un escut, a peu dret,
mentre el sol ens mirava,

perplex, enmig dels sons
aguts de la quitxalla.
Ho havia oblidat tot.
Als nou anys vam passar
tots dos a l'institut,
però aquest altre noi
va formar-se en comerç,
i si bé ells es trobaven
els dijous i els diumenges
jo vaig canviar de colla,
i ja no coincidíem:
no vaig seguir els estudis
i ell es va fer escriptor.

L'últim cop que els vaig veure
va ser uns quants anys després
(ja portàvem barret),
de bon matí pujant,
camí de Vallvidrera,
per poder tornar d'hora
per entrar a treballar.
Així que va empassar-se'ls
el revolt del camí
vaig pensar en el propòsit
d'aquella caminada
que havien excusat
l'un per llegir els seus textos,
l'altre per pintar els arbres;
i em va fer recordar,
un episodi antic:
de quan en Verdaguer,
malalt de mort, pel maig,

va anar a Vil·la Joana,
que era d'uns parents meus.

Algun d'aquells matins
emotius, misteriosos,
vaig sentir dir als de casa
que el poeta es moria,
i aquests dos nens, i d'altres,
vam esperar la tarda
d'encisos embullats
i emocions d'escapada,
per pujar fins a veure
Montserrat entre blaus,
i per córrer entre brucs,
arboços i riuets,
lluny del control dels grans.
D'allà els vaig ensenyar
l'aparença espectral
d'aquella vil·la arcada
de la mort de la glòria,
amb l'església als seus peus,
i a aquest infant menut
li va venir un fatic
que va fer-lo arrencar
a córrer fins a casa.

Sé que el dotze de juny,
d'aquell 1902,
quan el van enterrar,
va convèncer un company
perquè l'acompanyés
a portar un ram de flors

a aquella tomba d'home,
però els pares, severs,
van prohibir-li que ho fes.
Aquella tarda els pètals
es van anar pansint
al damunt dels papers
on havia copiat,
sol, l'«Oda a Barcelona»,
i mentre aquella nit
la son el va sorprendre,
amb una coïssor als ulls
d'impotència i de pena,
la foscor feia seus
Montjuïc i can Foix.

RATAFIA
Contra Joan Vinyoli

— I —

Diré quan era tot en calma,
brunzits d'abelles a les flors,
color esquitxat vora els camins,
i l'àvia anava a aplegar plantes.
Però tot queda lluny, l'estiu
es va acabar el licor dels camps.
Ara en la nit macero mots
i faig trafiques amb paraules,
a prop d'un foc que crema en brasa
mentre novembre ens porta els morts.

— II —

Sóc ara un got de ratafia,
essència d'herbes i de boscos,
de l'amargor de les nous verdes,
de la dolçor de remolatxa.
Ara que tinc l'esperit viu
i cremo amb gust de caramel,
només m'espera acabar buit,
a glops goluts, sense pietat;
fins ser una aroma contra el vidre,
evaporant-se, com records.

— III —

Amb pas pesat, memòria endins,
anem cobrant els minsos deutes
d'algun passat i reposem,
vençuts al sol i a la serena,
com dins de bótes de vell roure.
Siguem el dolç licor que queda,
beguem-nos tots els culs d'ampolla
de ratafies que vam fer:
no deixem res a dins la cambra,
sols un silenci sense adéu.

LA MORT DE CADA NIT

Contra Michel Bourret

El fred hivern del nord mereixia un estiu
i un tren partia França cap a terres remotes
d'una ciutat més càlida, com d'un altre país.

L'avi venia a rebre'm a una ciutat ben rònica
i el primer dia em duia a voltar a Perpinyà:
era el seu nét més gran, l'hereu d'una illa exòtica.

Passejar al seu costat feia més importants
els meus callats nou anys: saludava persones
i els explicava qui era amb orgull al posat.

Em va ensenyar un palau d'uns reis de Barcelona
i em va dir convençut: «Hi anirem l'any que ve,
et portaré a les Rambles, veuràs la gent que compta».

Però de la promesa no es va recordar més.
Cada juliol hi anava, i m'explicava històries,
m'ensenyava els dibuixos i els plats d'un meu parent.

Amb dotze anys jo volia arreplegar la glòria,
i al cap del temps encara em sé el meu primer vers:
«La mà de la sirena té un guant de posidònia...»

El besoncle escrivia, i va cantar el que es perd:
a la sorra calenta d'una platja llunyana
un tros de clar de cel —que tampoc no sé on és.

A vegades sentia com rallava amb la mare
amb una llengua ignota, que no sabia dir,
però la comprenia, i el meu cor la parlava.

Ara que la conec, no tinc parents, ni amics,
ni veïns que la sàpiguen: viu muda en lletra impresa
i al record d'un diàleg que ve de molt antic.

Després de viure a un fill i haver vist la Mestressa,
sé que ens salvem als mots, que tornen els perduts,
els jos que hem oblidat i els vincles d'una terra.

Els germans convivien, i ella va perdre els trucs,
i un cop mort el besoncle va trobar un bon cauteri
de dolor, gelosia, ràbia, ira o solitud.

Va aplegar els seus papers i, sense cap criteri,
va fer bocins minúsculs de tots els seus escrits,
les cartes, els articles, i un llibre encara inèdit
de Gumersind Gomila: *La mort de cada nit.*

L'EDAT DE PLATÍ

Contra Francesc Parcerisas

Regirant els records dins d'un caixó
de mals endreços m'ha vingut al cap
aquella capsa de llumins, metàl·lica,
que vam regalar al nen perquè encengués
les espelmes de cada aniversari.
No del tot remollits també han servit
per donar foc a aquest pastís que crema
per culs de cera esparsos d'altres festes,
mentre espera un desig que obri la fosca
i deixi rastres prims d'ànima etèria.
En silenci absolut tots els absents
que ocupen les cadires de la taula—
un ritual que ajuda que es compleixin
anhels que no es faran matèria nostra.
Però demà segur que hi haurà temps
per sentir-me un intrús a dins d'un món
que un maig convuls vam malgirbar amb prou feines,
i el vestit li ha quedat gastat i brut.
Hem dissolt l'experiència i no sabem
què ens va fer ser el silenci llarg dels pares
a la cambra tancada, al cap de taula.
De dalt del pont dels anys seguim mirant
aquells mateixos joves quan es banyen
dins de l'aigua d'un riu que corre avall

i deforma la imatge que ens retorna.
Despreocupats, tal com érem nosaltres,
pugen dalt d'una roca i es capbussen,
van i vénen amb els mateixos somnis
que nosaltres teníem, i són fum;
més dens, però, i concret, formant volutes
que s'assemblen als cossos i als objectes.
Sé que passo pels ulls de gent del poble
que ja no reconeix aquella cara
bruta de xocolata en berenar.
I la ciutat ni em vol per fer diners,
sóc veta de platí, mineral rar,
color blanc argentat als meus cabells,
dúctil i mal·leable pels dolors,
i per tantes renúncies i fracassos
que fan que senti lluny veus familiars.
Tan sols puc esperar-me aquí assegut,
veure que es consumeixen les espelmes
dins l'edat de platí, i una menys, sempre,
queda per als següents aniversaris,
fins que l'última apagui qui no sé.
Crec que això m'ho fa dir, pit encongit,
qui escriu en una taula prop del Prater
i recorda el seu pare, amb seixanta anys.

AUCA DE LES DUES AMIGUES

Contra Clementina Arderiu

Obres la porta, ja m'he escapat;
baixo l'escala, tu ets al terrat.

Per la canícula, surto al balcó;
tu jeus a l'ombra, que tens calor.

Davant de l'altra, sempre hem viscut,
i mai no ens vèiem —com el cucut.

Un dia deixo aquests veïns,
mentre tu escapes pels teus camins.

Anem a raure, a cops d'atzar,
una a una conca i l'altra al mar.

Llavors resulta que ens sona el nom,
volem conèixer-nos, no sabem com.

Compres un llibre que he publicat,
corre el teu nom per la ciutat.

Sona el telèfon, em truques tu,
i el que vols dir-me no és res segur.

Des d'aquell dia, anem parlant
hores i hores de casa estant.

Les confidències que no hem dit mai
en la distància no ho són tant, rai!

Sense esperar-ho, a un recital,
topem de cara, i ens fem el salt:

quedem callades, no ens mirem més,
tal com farien dos forasters.

Les dues dones que es fan presents
no ens habitaven els pensaments.

Passen els mesos, jo faig el pas:
truco i et dic «què tal estàs?».

Tantes xerrades ens van servir
per estar llestes per coincidir.

Ja no sabem quina ocasió
va ser la idònia de la reunió.

I poc importa per què ha durat
fins a hores d'ara aquesta amistat.

Que he escrit poemes? Valora'ls tu.
«Com tu imagines no ho fa ningú».

Saps del meu geni, i els teus rampells
són uns efímers grunys de budells.

Ara el telèfon està tranquil,
hi ha mil maneres de no errar el fil.

Vivim d'estima, això és ben clar,
i per sentir-la no ens cal parlar.

És mitja vida la que hem passat
juntes i escàpoles, i ens ha provat.

No ens veiem gaire, ens truquem poc,
però a dins crema un mateix foc.

Les seves mans no van posar una plaça
  Sinó un camp ple de gram.

Un nen espellifat, perdut i sol,
  Perdia el temps en aquest buit; l'ocell
Va fugir de la pedra ben llançada:
  Noies violades, nois morts a navalla,
  Per a ell eren axiomes, ignorant
Un món on les promeses es compleixen,
O es pot plorar perquè algú altre plora.

L'armer llavis serrats,
  Hefest, va marxar coix,
Tetis de pits brillants
  Va cridar el seu espant
Pel que el déu va forjar
  Per complaure el seu fill, el fort
  Aquil·les cor de ferro, assassí d'homes,
Que no viuria gaire més.

LA FILOSOFIA DE LA COMPOSICIÓ
Contra E. A. Poe

Abans d'ahir a la tarda, sense núvols ni brisa,
llegia al sofà un llibre de com compondre bé,
però un brogit de branques va distreure'm la vista
del fred i blanc paper.

Semblava que trucava el sol pàl·lid i alegre
d'inicis de desembre d'un dels anys més calents,
i amb una mà aprimada gratava la finestra:
només eren sarments.

Al menjador, silenci; cap línia obscura trenca
la buidor de la cambra: la llum hi torna a ser.
Vaig dir «no cal que pensis en estranyes presències,
aquí estàs a recer».

De cop una ombra ràpida va enfosquir-me les pàgines:
d'on venia?, on anava?, només va ser un moment.
Va fer que els pàmpols mangra voltessin a mig aire
amb el seu caure lent.

Em vaig apropar al vidre tot buscant la resposta:
no veia res, mirava, vaig quedar parat, quiet.
Semblava deixondir-se la parra, ja mig morta,
com si s'hagués refet.

A dalt, a sota el ràfec, erta, una taca opaca
era un merlot superb, gros, com els dels vells temps.
Tranquil es passejava pel brancam amb la calma
dels seus posats suprems.

Vaig decidir esperar-me, i saber què buscava:
un singlot de raïm era el blanc de l'ull cec.
Estira el coll, l'encalça, el prem, i una estrebada:
va marxar amb un gra al bec.

De les tretze maneres de mirar-se una merla
me'n vaig descobrir una altra, allà, sota la pell,
variació de la quarta on tres són dos i absència:
adéu, adéu, ocell.

Un sol gotim va treure'm el carbassa i el negre:
l'ànim d'aquella tarda no va tornar mai més.
Em conformo a refer-la amb els mots d'un poema:
del tapís, el revés.

Però escriure vol hores de pensar què s'explica
d'ordenar les idees, saber encertar el pretext,
i cremar més estones tallant frases a mida
que evitin ser gemecs.

Tenim un bosc, posem per cas...
Si ningú el travessa, podem dir que és un bosc?

BERTOLT BRECHT

EPITAFI D'UN LLIBRE

Contra Óscar Latorre

Del que aquí veus,
res no existeix.

Oh forasters, qui sou?

HOMER

No sé qui sóc, d'on vinc.

JOSEP CARNER

NOTA DE L'AUTOR

Óscar Latorre (1970) va néixer a Antigüedad, un petit poble de la província de Palència. Quan el vaig conèixer, en una trobada d'escriptors, encara exercia de poeta. Això va ser fa uns quants anys, prou com per haver-se desenganyat del tot i haver abandonat l'escriptura i gairebé el món literari; ara, des del seu petit poble exerceix de tipògraf, editor i impressor d'unes belles edicions dels poetes amics, i d'aquells altres autors antics que li agrada traduir per amor a aquest art. Al contrari de la resta de casos d'aquest llibre, en què no proporciono l'original que versiono o tradueixo (pel fet de ser de poetes tan coneguts que qui vulgui en pot anar a rescatar l'original fàcilment), he cregut convenient copiar a continuació els poemes de l'Óscar Latorre, perquè van aparèixer en edicions no venals, i en plaquetes amb què havia guanyat algun premi local, i que ara són pràcticament introbables (i és que, a més, ell ha fet el possible per fer-les desaparèixer). Com que diuen que el traductor és un traïdor, jo he volgut adaptar al català aquests versos, i trair la seva voluntat de desaparèixer com a poeta, amb l'objectiu de retre-li un homenatge d'amistat, com en la resta de poemes escrits a la «contra» d'un autor estimat o admirat.

SEMILLAS Y PLANTAS | | *Un hombre nunca escoge dónde nace,* | *puede que sí decida dónde vive,* | *lo que es —puede ser—, y cómo existe,* | *pero es sol, tierra y agua: es su lenguaje.* (Óscar Latorre, *Que agua lleva*, 1996).

CALIDEZ DE LAS NOCHES | | *Cuando surgió el amor no era verano:* | *fue alguno de esos meses que nos llevan* | *de un lado para otro por las calles,* | *sin una fecha roja entre semana,* | *y en que la vida llega fatigada* | *y sin sosiego al lunes por la tarde.* | | *Cuando surgió el amor no era verano:* | *no hubo tiempo de más, salvo de cuerpos.* | *El trasiego del día hirió a la noche* | *y el deseo mató algún sentimiento,* | *que un gato halló entre ratas y basura* | *y se llevó entre dientes, presa muerta.* | | *No era verano, no. Pero fue cálido.* (Óscar Latorre, *Últimos castigos,* 2000).

EPITAFIO DE UN LIBRO | | *Nada de lo que ves existe aquí.* (Óscar Latorre, *Libro de olvido y certidumbre,* 2002).

ÍNDEX

Aquesta primera edició
a Ediciones Igitur del volum
GENT FORASTERA
de Jordi Julià
s'ha imprès a Sevilla
el maig del 2012